JN117536

新時代の幕開け⑤

大転換期の今、次世代へ残すもの

高木利誌

明窓出版

新時代の幕開け5 ――目次――

まえがき

私は、昨年（2020年）、90歳になった。

「少年老い易く、学成り難し」

これは、旧制中学校一年生のとき、漢文で習った一節である。

自身に置き換えても、本当にそのとおりだと切に思う。


この歳になっても、まだまだ研究、開発を続けたいという希望は大きいが、学が成ったと心から思える日は、いつまでも来ないような気がしている。

日々、実験の楽しさや学びの喜びを味わいつつ、身内との軋轢に苦しんだり、さまざまな状況が生じつつ、これからも人生は続いていく。

ここ数年は、本を出版するたび、遺言のようなつもりでもあるが、また新しい本が出せることに心から感謝しつつ、読者の皆様には今回もお付き合いいただけることに、厚くお礼を申し上げる次第である。

老人の悲哀

大学を卒業して、岐阜県警に警察官として勤めさせていただいたが、これは本当にありがたかった。

最初の配属先は、アメリカの進駐軍の基地に所属する警察署だった。

今、考えてみると、警察官の経験がその後の人生に大いに役立っている。感謝の気持ちを十分に言葉で言い表すことはできないと思う。

しかし、もともと、私の就職の希望は、理科系の実験ができる職業であった。

そこで、恩給権（現在の年金資格）がいただけるようになった期日の翌日に辞表を提出し、父に許可を得て実家に帰った。

そして、退職金や貯金をすべて父に差し出し、

「これが全財産です。すみませんが、銀行からの借金をお願いいたします」と頼んで、25万円を借りてもらった。

ゼロから事業を始める決心をしていたのであるが、家族には本当に申し訳ないことに、独断で決めたことであった。

私は、自分の目的を優先し、長男であるのにも関わらず実家を離れていた。

伊勢湾台風で実家が全壊したときには、勤務先では両親を見舞う許可も得られず、本当に情けない思いだった。

少しの後に帰宅してみると、実家の前の家に住み、それまで両親を支えてくれていた三男の弟夫婦から、「なんで帰ってきたんだ。すぐに出ていけ」と怒鳴られた。

金はないし、惨めではあったが、致し方ないと思った。

父には、「次男にも三男にも家を建ててやったので、お前にも家を建ててやるぞ」と言ってもらえたが、「私は、自分の住処（すみか）は自分で建てたいです」と答えた。

しかし父は、兄弟争いやもめ事を見かねて家を建て始めた。

弟達には、田畑を売って家を建ててやったということで、別の田を売却して新しい家を建ててくれたのである。

だが、私はその新しい家をもらわないという意志が固かったので、結局、父は伊勢湾台風で全壊した後に建て直した傷だらけの実家を私達に残し、自身で新築の家に引っ越してくれた。

私が、出始めたばかりだったカラーテレビを贈ったところ、「お父さんが喜んで、毎晩観ている」と母が話してくれた。

その後は、鶏小屋の一部にメッキ工場を作り、メッキ製品の開発に専念した。旧ソ連で発明されたグラスノスチという技術を知り、それを使って制作した試作品を手に何社かを営業訪問させてもらったが、相手にされないことも多かった。テフロンメッキをはるかにしのぐ優れもので、それが採用されていたソ連の戦車では潤滑油も不要で耐久性も素晴らしく、相手材も傷まないとのことであった。けれども、それが普及しては困るメーカーがあったことでなかなか販売につながらず、実に情けなく思った次第である。

現在は、無電源充電の発電技術の開発中であり、これはＵＦＯの技術にも直結すると考えて試作しようとしたのだが、私が以前は社長を務めていた会社の事務所にも、工場にも、すでに老人が出入りできる場所はなかった。

「自分の物置で十分ではないか」と言われたが、メッキの試作は設備が必要なので、工場以外ではできない。

致し方なく、メッキ以外の方法で考え直さねばならなくなり、物置の外のビニールハウスで塗装製作を開始した。

そして、ぼつぼつ良い頃かなと思い、できたらグラスノスチ技術について実験させてもらえないかと、甥に引き継いだメッキ工場へ行ってみると、私がイギリスからライセンス導入した技術であるメッキ製法に代わり、まったく違うメッキ液を使用した製品の不良品がたくさんあるのを見て、唖然としてしまった。

以前、「京都大学の教授が世界一の撥水性のメッキを開発した」と新聞で読み、ぜひお目にかかって見せていただきたいと教授のもとに飛んでいった。

しかし、見せていただけたのは、1リットルのビーカーで製作した、たった1平方センチの代物(しろもの)であった。

私も、ライセンス取得の制作部品を携えていたのだが、見比べるとどう見ても自作の製品のほうがずっと優っており、とてもがっかりした。教授にもお見せしたが、それに対しては一言のお言葉もなかった。

現在、私の工場では、まさにそのメッキ液が、工場の生産ラインで使われているのである。京都大学の教授が開発した、世界一との呼び声高いテフロンメッキが導入されていた。

「これは、特許侵害ではないか」と言うと、「お得意様の命令では仕方がない」と答える。工場では、これ以外を使ってはダメということになっているそうだが、コストも高く、不良品が多くて歩留まりが悪いので、現場の従業員も困っているとのこと。

他の工場からも、「そちらの工場で作ってください」と委託されたという話も聞き、開発者としては見るに忍びないものがある。

創業者の私が苦労してイギリスから導入した特許ライセンスで始めたテフロンメッキ技術を、一言の相談も報告もなく変更されるとはいかなることかと、筆頭株主として、また代表取締役として情けなかった。戦前教育の老人としか、認められていないのだろう。

ゼロから始めて、本当に死にもの狂いで頑張った先が、こんなに情けない結末になろうとは。

私が開発した、これからの電気自動車には必需品と思われる製品の試作も許されないというのに、コストもほとんど合わないようなものをそこでは作らされている。

老人ボケ防止にと、本で勉強して囲碁を学び、五段という段位もいただけたことを喜んでいたが、老人とは情けないものである。

本家の消滅

以前、父が残した遺言に基づいて、母が司法書士に土地の分筆（*登記簿上の一つの土地を複数の土地に分けて登記をする手続き）を依頼した。

しかし、返された地籍図には、思いもよらなかった分筆がなされていた。私の家族が住む場所の入口が、三男の土地になっていたのだ。

母が私を呼び、「この図面については、三男に聞いていたか」と問うので、「今見せていただくのが初めてです」と答えると、「三男を呼んできなさい」ということになった。

三男が言うには、「自分の土地は大通りに面していないのでこうしてもらった。兄貴の土地はそうなっても大通りに面していて、駐車場もあるではないか」ということだった。

たしかに、来客用に一台分の駐車場があったが、母の縫製所と、私の自宅への入り口は、三男の土地となっていた。妻は私に、

「何を言われても、揉め事は絶対にいけません。今まで通していただいてすみませんと、300万円を渡してください」と金を差し出し、それ以降、少ないけれどもと恐縮しつつ、毎年末に20万円を通行料として、三男に支払っている。

長男の妻としてのその心遣いに、頭が下がる思いである。

母は、地積図を見たとき、「入口を塞がれた者は、その代か次の代に潰れる」といくつかの例を示してくれたが、その中に、我が本家の話があった。母は、これでは本家も潰れてしまうと予言していたのだ。

終戦後に、現在の場所を買って移住したが、その後、祖父がなくなり、このときに本家の跡取りは叔父になっていた。叔父が相続放棄の書類を持参して、「ここへハンコを押してくれ」といって差し出したことを覚えている。

母が父に、「善治（叔父）もひどいやつですみません」と言って、詫びていたことも。

その後、叔父はある会社の役員となり、私の両親が耕作していた土地に、自身の家やアパートを新築し、その場所を変貌させた。

その叔父が、数年後にボケ老人（痴呆症）となり、後継者になっていた叔父の次男が面倒をみていたが、財産分与については叔父が残した遺言に従わず、兄弟で裁判沙汰になった。

家も財産も売却して分配することになり、何百年も続いた旧家は、そこで消滅してしまったのである。

母が、叔父の本家相続時に、悲しんで、私に「よく見ておけ」と言っていた意味が、そのときに初めて理解できた。

父が亡くなり、父が残した遺言と違う分筆で相続がなされたときには、

「利、よく見ておけ。大（三男の名前）の将来を」と言っていた。

私も、「言いたいことがあるなら、遺言に残しなさい」と言われてはいるが、老人の遺言など、誰にも相手にされることがないのではないだろうか。

開発とは

一昨年、私が警察官を退職して現在の仕事を始める際に一方ならぬお世話になった、妹の夫の藤本さんが亡くなられ、一言お礼の言葉をと思って口を開いたとき、「お前は黙っておれ」と遮られてしまった。

妹に尋ねたところ一言、「言いたいことがあるなら、遺言に残しなさい」と。

そして、我が家の工場の後継者として、現社長である私の息子が、三男の長男である甥に相談し、それを甥が了承して入社していただいた次第である。

弟妹は、「なぜすぐに社長にしないのか」と言っていた。

入社早々事務所が改装され、私と、経理を担当してくれていた妻の席はなくなってしまい、私が研究、開発をする場所は、私が家の物置になった。

妻は、自宅のテレビの部屋で、三男の奥さんに経理の仕事を引き継ぐ準備をしている。

弟妹が我が家に来たとき、私が物置で試作品を作っていると、「兄貴はこんなに良いところをもらっているのに、何の文句があるのか」と言う。

私は、「ちょっとまってくれ。ここは、私が母のために、縫製業（実家の仕事）の従業員の皆様が空調もない工場では辛いだろうからと、私個人のお金で作って差し上げた建物だよ。廃業後は、私の物置としている場所だ」と答えた。

さらに、「叔父さん、〇月には会社を譲ると、一筆書いて下さい」と甥の奥さんに言われてびっくり。私の希望とは、何度も書いたとおり、理科系の仕事で地域のため、国のため、人類のためにお役に立つことであった。

はからずも卒業に際し、就職内定の取り消しに遭い、警察官という別の職に出会ったことも現在の原点であった気がする。様々な方に教えをいただき、成功とは、皆様に感謝し協力することがなにより大切だとわかった。

警察を退職して、退職金などの全財産を父に差し出し、借金をしてもらってゼロから事業を始めた。家族には本当に申し訳なかったけれども、これもまた皆様のお役に立てることと考えた。長男として両親の世話をさせていただくことが自分の道だと思っていたが、間違っていたのだろうか。

お役所の言うとおりに動いて、大借金に加えて２０００坪あまりの土地まで購入する羽目になり、ついに信用金庫から差し押さえの命令がきたが、東海銀行の尾崎支店長様のおかげで難局を乗り切ることができた。

やがて借金を完全返済し、担保も解消され、二十数年前に社長職を息子にバトンタッチしたが、「次の経営を甥におねがいしたい」と相談を受けた。それを承諾して、二年ほど前に入社してもらい、すでに法務局に申請して正式に社長交代になったと聞いているのにどうしたことであろうか。

おかげさまで警察時代の年金もいただけて、息子の援助を当てにせず、会社の給料がなくても、家族の食費、研究費などをまかなえる生活ができているのに、どうして今さらそんなことをと思う。

研究所の場所が自宅の物置になり、それから会社の事務所の廃品置き場になり、ついには真夏の暑さに冷房がないどころか、植物が冬を越すためのビニールハウスに移動させられたというのに、まだ足りないのだろうか。

それでも、無電源充電・発電の他、東北の災害地にお役に立てればと思い、照沼様にお願いした充電テープがお医者様にわたり、がん患者の方が何人か快癒に向かわれたとお聞きした。

このようなカタリーズテープの効果を報告いただけるのは、本当にありがたいことである。

「〇月には会社を譲ると、一筆書いて下さい」と言われたことは、情けなくもあり、協力してくれた私の一家に申し訳なくも思った。

これでは、母が残した言葉、「利、よく見ておけ、大の将来を」のときと同じではないか。

工場の将来を考えて、何が起こっても耐えうるような製品を作る研究をしているというのに、認めてくれるようにはみじんも感じられず、さらに、早く全財産を渡せと言うのである。

また、甥は、「俺はメッキはやらんからな」と、まさに一族とも思われぬ言葉を発し、私を年寄り扱いしていた。

不況の到来に備えて研究を続けてきて、現在も90歳の年齢も顧みず勉強しているが、この技術を理解してくれるのは、次女以外にいないのかと情けない次第である。

そして、以前、別会社として次女が設立した会社を、発注元として存続できないかと思っているところではあるが、現在の親会社を倒産させては元も子もない。

母には先見の明があり、本家は消滅したが、私たち一家の将来について、母の言葉が現実にならないことを祈るのみである。


両親の最後のお世話をさせていただけたことは、長男としてありがたく思っている。

両親の財産は、遺産相続のときに弟妹やその子どもたちにそれぞれ分配し、思い残すことはなく、財産への未練はみじんもない。

どんな大財産家でも、あの世に財産を持参することはできない。

そして、ご先祖様のご加護のおかげで、ある現在なのだ。


開発とは、新しい発見をした人が、後世の人に便利に使ってもらえるようにと、楽しみのためにするものではないだろうか。

その開発が時に利益につながるのも、確かに一つの楽しみではあろうが、それが唯一絶対の目的ではないはずである。

もう、特許などはとっても意味がないものであることも経験済みであるから、私の開発品については、こうした本の著作権として後世に残したいと思っている。

先人の著書もその意味で、著作権者としての名前と名誉が後世に残っている。

私も、これまでに多くの新しい技術を実験し、たくさんの方々に利用していただけたことに感謝している。多くの先人が遺言のように多数の書籍を残してくださったことにも、感謝の気持ちが大きい。

これまでも、皆様に読んでいただきたい先生方のご著書の抜粋を自著に収録したり、私の研究の結果を次の世代に役立てていただければ望外の幸せと思い、執筆させていただいた。

本当に世のため、皆様のためにお力になれれば幸いであり、良いものはできる限り次の世代に引き継ぎたいと思っている。

とはいえ、「提案制度」を活用して多額の報酬を得るための質問がくることがあり、これについては本当に情けなく思う。

たとえば、高速メッキ、すなわち通常2時間かかるメッキが50秒でできたものについて、「その方法を教えてください」と安易な質問がくる。開発の苦労や、そこにかかったコストなどをまるで無視したような考えである。

また、メッキ装置としてインライン（製造設備に組み込むもの）設計図を提出したところ、その技術を横流しされ、他社に発注されたという経験もある。

やはり、戦前教育の老人と、戦後教育の新世代の考えや倫理観は、根本的に違いがある。

また、兄弟間でも、土地を取ったとか取られたとか騒ぐが、土地をあの世までお持ちになった方は見たことがない。

私は、不思議な出会いから二千坪ほどの土地を買い取って立ち上げた会社を、引き継いでもらった人に残せることになったのに、弟に土地のことで怒鳴られたのは、本当に情けないことだった。

波動発電・波動充電――エネルギー自給自足時代やってきた

かつて、フリーエネルギー研究者の橘高啓先生に、私が企画した会でご講演いただいたことがある。

「太陽光の波長にケイ素を通過させると電気になり、その電気の波動にケイ素を通過させると光になる。太陽光発電というのはこうしてできる」というお話を伺い、感銘を受けた。

考えてみると、夜の闇の中でも、携帯電話の波動は飛び交っている。

すると、赤外線、紫外線は、夜間でも存在しているのではないだろうか。

そうだとしたら、波動を整えれば常に、その波動を電気に変換することができるのではないだろうか。

どんな真夜中であろうとも、地球の裏側のブラジルからでも携帯電話で話ができる。まさに音声波動。しかも、その音声も、相手が識別できる音調である。

この空中の音声も電気であり、まさに、空中発電といえるのではないだろうか。

そして、この音調を整える物質は何であろう。

まさに、その物質はシリコン、水晶、珪素ではあるまいか。

現在の電力をコントロールしているのは、純粋ケイ素シリコンである。

ニコラ・テスラの研究者の著書を勉強させていただくとき、その素晴らしい研究に感銘を禁じえない。

以前、小林正先生の、『エネルギー自給自足時代がやってきた――休耕田を生かす「水素農家」の出現が日本をエネルギー自給国に変える』（新生出版）という著書に出会った。

視点は異なるけれども、脱炭素、その他、いざというとき、特に大災害のときにまず困るのは、「エネルギー」と「水」ではないであろうか。

日本をエネルギー自給国に変えるとは、素晴らしい発想である。

新エネルギーの開発がまだ実現しないのは、知花俊彦（ちばなとしひこ）先生の研究に基づいた河合勝先生の著書（『科学はこれを知らない 人類から終わりを消すハナシ』ヒカルランド）にもある通り、必要な時期にはまだ至っていないからであろうか。

現在のコロナ不況と、かつての30年不況とを重ねあわせると、この先に大転換があるような気がしてならない。

コロナ不況の後に、どのような時代がくるかと戦前の教育を受けた年寄りが思うとき、戦後のモノ余り時代を生きてきた若者たちは、「年寄りは黙っておれ」と言う。

「工場へ来るな。やりたいことがあったら、物置で十分ではないか」とも。


私もそうであったように、たくさんの大先輩が、開発ができても採用されず著書に残していかれた。

そうしたたくさんのご著書を見るにつけ、悲しみとともに「姥給て山」を思い起こす次第である。

しかし、嫁に行った娘に、

「甥であろうと、今後の工場を引き受けてもらえる人があるのは、ありがたいと思いなさい」とたしなめられ、情けない気持ちになった。

この時期に、技術力のないものが物申すのは僭越ではあるが、先人の知恵を拝借しながら、「いざというとき」のために気が付いた点を残しておきたいと思い、「新時代の幕開け」シリーズを出版している。

ニコラ・テスラの研究者の井口和基先生、実藤遠先生、水素をいかす小林正先生、そして、木下清宣先生のご著書を参照することも多い。

以前から書いているとおり、私は恩師の、

「君は理科系志望のようだが、理科系の勉強は一生できるが人間を作るには今しかない。文科系で人間を作り直してこい」と勧められ、文科系の法学部に進学した。

そこで、理科系の知識は、高校のときの物理、化学の基礎しかないのである。

それでも、こうしたご著書でさまざまな情報や知識が得られることで、日々、学びができて、研究、開発に役立てている。

戦中戦後、激動の時代

戦時中は、食糧不足に陥っていた。

旧制中学校への入学当時、私は昼の弁当にくず米で作った餅を食べていたが、隣の三菱重工の重役の息子が、おいしそうな団子の弁当を食べていた。

「その団子、うまそうだな。頼むから一度、弁当を交換してくれないか」と声をかけると、「高木、やめとけ。後悔するぞ」と答える。

それでも交換してもらうと、一口食べたときのそのまずさに驚いた。

この団子を毎日、大会社の重役の息子が食べていたとは、思いもよらなかった。

彼は、「これでも食べ物があるだけありがたいんだぞ」と言った。

その団子は、ドングリの粉でできているとのことで私も気の毒になり、ときどき、くず米の餅を出すと喜んでくれたことを思い出す。

そんなとき習ったのが、「芋飴の作り方」だった。校庭でサツマイモを作ったら、石原先生が「水飴の作り方」を教えてくださったので、芋の甘味を利用して飴を作ったのだ。

食べるもの、ましてや甘いものに飢えていたときのことなので、本当に嬉しく、みんなにもとても喜ばれた。

実家が農家の私は、どうしたら米や麦がたくさん収穫できるかを、真剣に考える毎日だった。

この頃から理科系志望で、学校では科学クラブに属していた私は、サッカリンを作ったり、それを使った甘いサイダー水を密かに作ったりして、みんなで楽しんだこともあった。

入学の年の8月15日に、学徒動員で炎天下での塩田作業中に、天皇陛下の詔勅を直立不動で拝聴し、終戦とともに時代が一変した。

学生全員が、特攻隊となって「お国のために働こう」という教育を受けていたのが、一気に「自由主義」となり、進駐軍が学校に入ってきた。

その一年後、二年生のときには学区制の変更で高等女学校と合併し、男女共学となり、私は高校生になったのである。

高校一年生になると、父が、「パン屋をやってはどうか」といい、借金をしてパン製造設備を購入し、高校の三年間はずっと、パン製造業をしていた。

毎朝、パンを焼き上げてから登校していたので、遅刻の常習犯だった。

午前零時に起床し、パン生地を仕込み、午前四時までは学校の授業の予習と復習をこなす。四時に家族を起こして総出でパンを丸め、焼き上げて急いで電車で登校するも、授業開始に間に合ったことはほとんどなかった。

職員室では担任教師がいつもかばってくれたが、とうとう退校勧告が出て、担任が家庭訪問にやってきた。

そして、パン屋をやっている状況を飲み込んで、

「高木君、きみは、こんな努力をしていたのか……」と驚き感心して、学校に取りなしていただけてなんとか退学は免れた。

その時代、食べ物のおいしさを届けられて、また、自分も腹いっぱいの食べ物がいただけるというのはありがたいことだった。

また、そのおかげで大好きな化学の実験器具や、薬品を手に入れることができたのもありがたかった。

ただ、家族兄弟への負担が大きく、戦後のインフレもあって、パン製造業を兄弟が引き継

いでくれることはなかった。

家が農家だったことから、そこでできた麦、サツマイモ、ジャガイモ（馬鈴薯）も、商品として販売させていただけた。

おかげさまで、借金を一年で返済できたのである。

この成功があったおかげで、その後、「将来は製造業を営む」という目標ができた。

それは、社会に役立つ、最先端の物を開発して、皆さんに喜んでいただきたいという希望からであった。

育てていただいた両親、家族には本当にご迷惑もおかけした。

私の記憶に残っているのは、四歳のときのことである。

我が一家は本家のそばで呉服店を営んでいたが、その年に火災で全焼し、一家で本家の家に戻った。

そして、呉服店だったときにミシンで加工をしてくれていた従業員たちと共に、縫製業を始めたのだ。

家は、曾祖母、祖父母、私の父母、私と弟、私より五歳年上の母の弟（叔父）、ミシン縫製工の大家族であった。

小学生だった叔父は、大きな声で国語の教科書を読み、私まで教科書を暗記させられていた。

しかし、私のすぐ下の弟が病弱で、祖母は母の弟を産んだ後の肥立ちが悪く、ほとんど寝たきりであった。

また、曾祖母も病身となり、母は縫製の手伝いとみんなの看病をしていて、そうとうな苦労があったと思う。

このとき、本家の家業の農業をしていたのは、祖父と私の両親であった。

病身の祖母が、「今日は気分がいいから畑を見に行こうか」といって起き上がり、袋をもって畑へ行き、スイカを2、3個取って、何度も休みながら帰宅した記憶がある。

晩年に叔父が、「母と畑へ行ったのはこのときだけだ」と言っていた。

昭和11年に祖母、昭和14年に曾祖母が他界した後に、私の弟の三男が生まれた。母は産後の肥立ちが悪く、長らく寝たきりの生活になってしまった。

父は、三人の住込みの従業員と縫製業を営んでいて、とてもいそがしい毎日であった。

私は小学校一年生で、毎朝5時に起きて、病床にある母に教わりながら、朝ごはんとみそ汁の支度をして、学校に出かけていた。学校から帰ると、次男、三男の子守りの毎日。


昭和16年、戦争がはじまると従業員は徴用され、縫製業は続けられなくなり、祖父は再婚して叔父を残して名古屋へ出て、遊技場の経営を始めた。

祖父が出ていった後は、田畑の作業は私と父の仕事となった。

田んぼに秋の稲刈りに行き、そこでサヨリという魚を稲で焼いて食べた記憶がある。

それに、母が病気で寝たきりの生活から回復してきてくれて、ありがたかった。


しかし、祖父が商売に失敗して、後妻さんとそろって名古屋から帰ると、我が一家は邪魔者となり、本家から追い出された。

そして、１００メートルほど離れた土地を買って家を新築し、転居した。そして、妹の出産があった。

その頃、満州事変から大東亜戦争となって戦争が激しくなり、名古屋にも空襲が来るようになると、学童疎開が始まった。

それで、祖父の弟の息子が、どうしたわけか我が家へ疎開してきたのだった。

その頃、私は小学校五年生。私と父で牛舎を作り、牛を飼って、牛に田んぼを起こさせて農業をしていた。

父が扱うときと違い、牛も私のような子供が言うことはなかなか聞いてくれず、小突かれて困ったことが今でも忘れられない。

夕方、うす暗くなって家に帰り、お湯を沸かして、夕飯は朝の残り物を冷やご飯に乗せたお茶漬けだけというような毎日であった。

そんなとき、名古屋の祖父が家に来て、「うちの息子に冷や飯を食わせておるのか」とお小言を言われた。

家中で悲しみ、重役の息子でさえドングリの団子で我慢しているのに、その言われように本当に情けなくなった次第であった。

大学進学に際し、担任教師に、

「君は理科系進学希望のようだが、理科系の勉強は一生できるが、人間を作るのは今しかない。文化系で人間を作り直してきなさい」と言われ、京都大学か名古屋大学へ行きたいと思っていたのに、一転して先生に勧められた中央大学法学部に行くことになった。

名古屋大学も一科目だけ受験させてもらったが、もしあのとき、助言を振り切って名古屋大学に進学していたら、現在の自分はあっただろうか。

事によったら、60歳定年になっていたかもしれない。その後は、どうしていたであろうか。

現在の私があるのは、恩師のおかげである。

私が、将来について父に相談したとき、父は、

「商船学校へ行き、世界を回って日本を見直してみたらどうか」とおっしゃった。

商船学校へ行くことはなかったが、父に言われたことの影響か、クラブ活動としてボート部で四年間、お世話になった。

先輩である大商船会社の社長さんから、新船建設のときにいつもご寄付をいただいており、卒業後に船員としての就職をお願いできれば、父の希望にも沿えると考えていた。

あるとき、中立国であるスウェーデンの公使館の、当時、公使であられたハグルンド氏に、スウェーデン語を教えていただけるスウェーデン人をご紹介いただいた。

その方のご都合のいい日をご指定いただき、訪問をする予定にしていたところ、私は急性胃腸炎を発病してしまい、訪問を取りやめるお詫びをすることとなった。

きっとそれは、「やめなさい」と神様からお知らせをいただいたのだな、とあきらめることにした。

ところが、その頃に起こった造船疑獄事件（*第二次世界大戦後の日本で、計画造船にお

ける利子軽減のための「外航船建造利子補給法」制定請願をめぐる贈収賄事件）に巻き込まれ、大商船会社の社長さんが獄中の人になってしまった。

やはり、船員はダメという神様のお知らせかと、国内残留をはっきりと決めた。

昭和30年、大学卒業に際し、「経済界の変動により今年は採用できないことになりました」と書かれたはがき一枚にて、就職浪人生となった。

しかし、神様から、「岐阜県警の警察官」という職をお授けいただき、このときが一生を通じての勉強時期であった。

本来ならば、内定が取り消されて路頭に迷うところを、岐阜県警にお救いいただけて、人間性の本質をご指導いただけたのであった。

現在は、これが神様の最良の思し召しであったと感謝させていただいている。

内定取り消しと警察官採用があってこそ、今の私が存在させていただけるものと確信している。

警察官だった当時は、上司の許可を得て、事件を起こした少年に対し、教職員のような立場で接する毎日だった。

そして、学校にも地域にも、ご理解ご協力いただけたことは、本当にありがたい思い出である。

こうした土台ができたからこそ、現在につながる結果があるのだと信じている。

恩師より「理科系の仕事は一生できる」とご指導いただいたおかげで、90歳になっても体の続く限りと気力も研究心も衰えることがない。

警察官の仕事も社会のために重要であるが、私の目指す社会への貢献という目的においては、少し方向が異なっていた。

今の私の目的は、国のため世界のためというよりは、社会のためになるものを残しておきたいという一心である。

退官後に始めた、新技術の研究

先述のように、警察官としての年金の資格がもらえた翌日、家族の反対を押し切り、父のお許しを得て退職願いを提出した。

退職してから実家に帰ると、それまで家を守ってくれていた三男の弟が、「なんで帰ってきた。すぐに出て行け」という。

それまでの大変なときに、両親を助けてがんばってくれた弟には、何を言われても返す言葉もない。


退職の前に、岐阜県県会議員や町長などから、

「岐阜は繊維が中心で、人件費の安い中国に進出したが、中国の繊維業界は大不況になっている。これからは、自動車の時代だ。そこで、愛知県の豊田自動車の中心地に、自動車関連の縫製の仕事を立ち上げてもらえないだろうか。応援するので、できれば男性500人、女性500人くらいの仕事の世話をしていただきたい」というありがたいお話をいただいた。


高島日発工業へご挨拶に行くと、社長様と専務様より、

「高木君、君もこれから工場をやるなら金はなんぼでも出すから頑張ってやりたまえ」

とのお言葉を頂き、

「ありがとうございます。よろしくお願いいたします」と感謝した。

そのつもりで、妻には先に縫製の技術習得をさせていた。


そこで、計画書を作って、父と共に、高嶋日発工業へ持参した。

社長様、専務様にご挨拶し、

「計画書を作りましたので持参しました。いかほどご都合いただけますでしょうか？

『なんぼでも』とは、5本か3本でしょうか」と聞くと、

「3本は無理だな」との答え。

「なに？　まさか、3000万円ではないでしょうね」

「いや、それは無理だ。200万円だよ」

私は唖然として、

「お父さん、帰りましょう。なんぼでもが200万円では、この会社は話になりません」

と言って、その交渉は決裂した。

後日、母の話によると、「利治の交渉はすごいな」と言われたそうである。

そこで、先の任地の町長、助役のところへ飛んで行き、中学校の廃校校舎の借用の可否をうかがいつつ、男女合わせて1000人の雇用について、また費用の捻出についてのご相談をさせていただいた。

「中学校の校舎で、男子500人、女子500人ほどの人員を何とか頼めないでしょうか？　必要な資金はできるだけ用意しますから」と言うと、

「いきなり500人ずつは難しいので、30人ずつくらいから始めてはいかがでしょうか」

というお答えであった。

何とかこれを成功させてみたかったが、経験のない私ではなかなか雇用の捻出も難しく、100人の仕事も思うようにはならなかった。

さりとて父の縫製業を手伝うことは自身の希望ではなく、理科系の仕事がしたかった私に、それを知っていた父が、「プラスチックにメッキができるそうだ」と、それに関する本を買ってきてくださった。

その後、メッキについて勉強を始めて、父に25万円の借金をお願いして、ありがたいことに、皆様のご援助のおかげで、土地も2000坪ほど入手することができ、会社立ち上げのときに作った大借金も、外国特許のライセンスのおかげで乗り越えさせていただけた。

そして、長女にお婿さんを迎え、孫が出生したが、私はがんになって体調を崩し、孫を産んだ長女は他界するという、本当に大変な時期もあったけれども、本当に皆様のおかげで乗り越えることができた。

お婿さんに会社経営を譲り、次に来る不況にこたえられる研究に没頭している。

ところが、私の研究は時代が早すぎたようで、どこの工業試験所でも受け付けていただけず、「自然エネルギーを考える会」の皆様のお助けを頂き、さまざまな開発をさせていただいている。

特に、開発品のカタリーズで、乾電池が再利用できたのは会員の皆様のおかげである。

「こんなものができては、電気屋さんやバッテリーメーカーに打撃ではないか」と市役所からもご注意があったことから、その後、新聞社では新聞広告も受けていただけなかった。
そこで、カタリーズの利用方法について会の皆様に試していただいた報告に基づき、小冊子『カタリーズ Vol.1』、さらにその改訂版の『カタリーズ Vol.2』を発刊させていただいた。

その一方で、廃棄物学会へ論文を提出してご採用いただき、発表もさせていただけたのだが、「業者ごときがおかしなことを発表して、神聖な学会を汚すつもりか」と座長に叱咤された。学会とは、大学生か教授でなければ発表が許されない場所とは知らず、とんだ恥さらしであった。

また、ディーゼルエンジンの排気規制によるディーゼル車の規制があった折、ある種の植物油を少量添加すると排気ガスがきれいになることがわかった。そこで、関係省庁に相談すると、
「排気ガスの問題ではなく、今の経済低迷の状況では、車の需要が非常に重要である。そ

んなものができては、買い替えまでの期間が延びて困ってしまう」とのお話。

大手商社の部長さんにお尋ねすると、

「そんな動きをすると、私のように逮捕されるよ」とのご忠告が頂けた。


仕方ないと思いつつ、しかし、実際に良いものかどうか試していただきたいという一心でアメリカの友人に尋ねると、ある研究機関で検査していただけた。

車から排出される有害ガスのすべてが大幅に減少し、燃費が20％以上も減少するのは素晴らしいが、燃費減少は10％以下でないと新聞などでは発表してはいけない、と注意書きが添えてあった。


さらに、植物エキスを添加すると消臭効果があることがわかり、鋳物工場の関係機関で調査いただいたところ効果を確認できたので、お使いいただけるようになった。

友人の鋳物関係の工場でも、消臭材として販売していただけた。

しかし、あっという間に類似品が出回り、それで消臭ができるようになって、面倒をかけてとった特許など、あまり効果がないことが分かった。

我々が、特許の侵害だなどとして大手の会社に裁判を起こしても、時間と労力の無駄である。

ただ、アメリカ人の社長さんの会社では、数十年たってもいまだに我が社の製品をお使いいただけているのは、本当にありがたい。


さて、戦中戦後を経験した者と、マッカーサー改革後の戦後教育で育ったものが、この不況後に、いかに対応できるだろうか。

馬鹿にされる年寄りでも、いくばくかの経験を残しておく必要があるとは思われる。

だが、せっかく苦労して成長させたこの工場を継いでいただけるのはありがたいが、いつくるかもわからない経営危機への助言も、老婆心は必要ない、と無視されるのは情けない。

また、困ったときにだけ、「お前は代表取締役ではないか」といわれて解決を迫られるのは、いったいどういうことであろうか。

そして、先述したように妹から「言いたいことがあったら遺言に残しておきなさい」とたしなめられたことから、思いついたことをこうして本にして書き残しておこうと考えている。

以前、税務署から、「この会社は開発費が多額すぎる」とご指摘があったことを受けて、別会社、「超硬処理技術研究所」を設立した。

私は、保育園（農繁期に、お寺で農家の子供を預かってくれていた）の頃から、農家の大変さをなんとかできないかと考えていた。

小学校時代になると部落や村のことを、高校時代には県や国のことを、大学時代には世界の中の日本のことを考えていた気がする。

夏の夜の夢

今年もまた8月となり、お施餓鬼(せがき)のお参りをして13日から15日がお盆である。

盆前には、富子が仏様をお磨きして、盆提灯のお飾りとお供え物の用意をし、仏壇屋さんに仏壇の修理を頼んでくれた。

これで、無事にご先祖様のお迎えができたであろうか。

生前の頃のように父に相談し、ご指南をお願いしていると、不思議と様々な思いが浮かぶ。

夢の中では昔のことが鮮明に思い出され、ずっとご指導いただけているような気がする。

父の素晴らしいところはいくらでもあげられるが、まず、店が全焼してから立ち上がり、私たち一家をこれだけにお育ていただいた営業力である。

私も、よその工場の営業でも、あっという間に全商品を完売させてしまうような営業力があったが、この技術は、父からご指導いただいた賜物である。


そして、父にご協力をいただいて事業を始めた以上は、今後も、最善の努力と、他社に劣らぬ最新の技術・製品をお客様にご提供できるような、たゆまぬ努力をしなければならない。

私の中では、それからずっと、私の会社の社長は亡き父であり、専務の私は、困ると仏壇の父にご相談するのが常である。


イギリスでの交渉、グラスノスチに関するソ連大使館での技術ご指導などについて、久しぶりに夢で見ることができた。

しかし、すでに私は過去の人であるという悲哀は拭えない。

新しい技術も受け入れてもらえないが、仏壇の隣に置いてある母の写真に向かって、一家の将来についての心配と予言が的中しないことを切に願う。

このお盆の三日間に古き良き時代を思い出し、両親にご教示をいただけたように思う。

グラスノスチの技術

グラスノスチ技術については、思うように仕事として実らなかったことが、本当に残念である。

旧ソ連の時代末期の、グラスノスチ技術の情報公開制度を知り、当時のソ連大使館へ赴き、いろいろなお話を伺った。本当に親切にご指導いただけて、ありがたかった。

ソ連の戦車はなぜ強いのか――その理由は、実はメッキにあったのである。

私もそこまでは知らなかったので、大いに勉強になった。実は、その土台は、日本人が開発した技術だったという。

ご教示いただいたことを参考に、メッキ液の組成を整え、休日を利用して、いくつもの種類のサンプルを制作した。

そして、次女がお世話になっている大豊工業の研究室でデータを作成いただき、テフロンメッキとは一桁も違う摺動性（滑りやすさ）と耐久性があることがはっきりした。

それで、その優秀さを説明できるサンプルをもって、お得意様を訪問させていただいた。

その結果、「こんなものができたら、機械も車も傷まないから、いろいろと困る業種もあるでしょう」と言われる始末であった。

メッキ工場の今後

前述のように、私は警察官退職後、退職金などの全財産を父に差し出して、実績も信用もないところから父に銀行から25万円の借金をしていただき、社長就任をお願いして、メッキ工場を開業させていただいた。

そして、私の退職後について心配してくれていた警察学校での教官に、会社設立にこぎつ

けたというご報告に行くと、新会社の行く末を案じながらも、

「『高木特殊工業』という会社名ではどうかね」とご命名いただけて、本当にありがたかった。

父から「プラスチックのメッキ」という本を買っていただけたおかげで起こした工場は、ここから始まった。

車のバッテリーから電気を取り、薬局から仕入れた薬品でメッキ液を作り、すぐそばでプラスチックの工場をしていた藤本製作所の藤本さんにも小さなプラスチックをいただいてきて、コップや空瓶に、何とかメッキらしきものが付いた。

私の妹のご主人である藤本さんは、実家のそばで、プラスチック工場を経営していたのであった。

伊勢湾台風のときに実家が全壊したときも、私の職場では見舞い許可もいただけなかったため、この藤本さんが近くにお越し下さったのが本当にありがたかった。

そして今度は、私がプラスチックメッキ工場を立ち上げる際、メッキの装置や薬品の材料

がある商店へ案内していただいたりと、一方ならぬご手配を頂けたのであった。

そのとき、実家の前に父に家を建ててもらって住んでいた、豊田系の鋳物工場の係長であった三男が、「アメリカでは、金型にメッキをしていて、それで型持ちが良いそうだ」と教えてくれた。

「このメッキのメッキ液は、プラスチックのメッキ液とは違う」と、材料を扱う商社から教えられた。

そこで、プラスチックのメッキ場所にしていた鳥小屋のかたすみに、金型のメッキ槽を置いて制作してみた。

その後、ありがたいことに現在まで続くお得意様が仕事を頼んで下さるようになり、どのお得意様とも不思議とさまざまなエピソードがある。

それを連ねると、それだけで何冊も本ができそうな物語であった。

開業後、数十枚の名刺をお配りした頃のことである。

「今、機械の部品が傷んで困っているのですが、何とかできないでしょうか?」という問い合わせを受けてすぐに飛んで行き、お話を伺うと、

「機械のメインシャフト(太さ20センチ、長さ4メートル、重量100キロ)のベアリングが傷んで、シャフトが傷ついてしまった。ベアリングのところが2ミリ削れてしまっているのです。三日以内に修理できなければ大変なことになるので、三日で何とか2ミリのメッキをしていただけないでしょうか?」とのことだった。私が、

「先日のお話ですと、メッキは間に合っているとのお話でしたが」と言うと、

「それが、三日ではとても無理とのことでどこもやってもらえないので、何とかお願いします」と頭を下げられた。

2ミリのメッキというと、技術的には非常に困難で、普通は、誰が考えても不可能なことだった。

かなり太い、4メートルのシャフトだったので、重機で上げる必要がある。そんな物に、メッキをかけなければいけなかったのだ。

たまたまそのとき、4メートルのメッキ槽を注文してあったので、

「すぐにそれが必要です」と言うと、発注元の会社の部長様ほか10名のスタッフの皆様が、メッキ槽をかついで運んでくださった。

そして、何とか二日で2ミリのメッキが仕上がったのだが、研磨仕上げが必要だった。そこで、警察官時代に交流のあった岐阜県内の製紙工場が、大型研磨機をお持ちであったことを思い出し、お願いすると快諾していただけた。

かくして無事に出来上がって、発注元会社の皆様がとても喜んで下さった。

「請求書をお持ちください」とおっしゃってくださったが、

「皆様のおかげでできたのですから、とても請求書など出せません」と答えた。

「それでは、10万円でも出させてください」

「では私はゼロ、御社は10万円とおっしゃっているので、中を取って5万円でいかがでしょうか?」

「では、うちの会社のメッキの仕事は今後、御社にお願いすることにさせてください」ということになった。

ありがたいことに、それから継続してお仕事をいただき、お得意様の紹介もいただけた。

このときに、

「後発メーカーは、他社ではできないことを開発する以外にない。今一度、大学で理科系の基礎を勉強しなければ」と、名古屋大学に聴講生を志願した。

しかし、教授の部屋で雑談のような面談をしてもらったとき、

「あなたには、もう教えることはないようです。聴講してもがっかりするだけですから、わからないことは聞きに来なさい」と言われて、専門の先生もご紹介いただけた。

それから、同業者と仕事を争うより、独自の技術開発をしようと外国に行き、材料商の紹介でドイツのメッキ工場の見学をさせていただくことになった。

見たことのない商品を見せていただき、

「これは、何というメッキ液ですか？」と伺うと、

「テフロンメッキといって、摺動性が高く、特許を取っています」とおっしゃる。

そこで、さっそく紹介していただいたイギリスの会社を訪問し、ライセンス契約にこぎつけたのであった。

すぐに試作品を作り、新聞広告をお願いしたのだが、愛知県内の新聞社からは相手にされなかった。

それからすこし経って、東京の大手会社の重役様が3人でお越しくださり、

「現在、我社で困っている仕事があるのですが、試作をお願いできませんでしょうか?」

と現物を見せて下さった。

すぐに仕上げて持参したところ、サンプルの内に合格品が数個あり、お喜びいただけた。

ありがたいことに、この条件でお願いしたいとのことでご注文を承った。


そこで、条件に合う設備の製作に必要な人員を雇い入れたいと思ったのだが思うに任せず、警察官時代に外国人労働者に携わっていたことから、日本国籍を持つ外国人や、日系2世の方にお願いできないかと考えた。

さっそく、ブラジルの知人(父の縫製工場で働いていた女性が結婚されて、ブラジルに移

住されていた）を訪ね、息子さん夫婦に来ていただけるよう、お願いできたのだった。

家では、「日本語もわからん者でどうする」と言っていたけれども、到着した夫婦が、「こんばんは。久野と申します。よろしくお願いいたします」と流暢な日本語で挨拶されたことで、私は溜飲を下げた。


翌日から、我社の女性従業員の皆さんが生活用品を持ち寄って、あっという間に生活できるようにしてくださり、新しい仕事も順調にできるようになった。

これにより、私の村でも次々にブラジルから従業員をお願いできるようになり、来てくださった方々にも喜んで頂けたのである。

それから、日刊工業新聞の支店長のおかげで、新聞のトップ記事にしていただけ、テレビでもお取り上げ下さり、ＮＨＫテレビでも、正月前のブラジル人の餅つき風景を取材、放映いただけた。


それから数十年、現在は私たちの工場をお助けくださった方々もブラジルへ帰り、現地で社長や工場長となり、「日本でお世話になったおかげ」と感謝されたこともしばしばであった。

弊社の現在があるのも、このブラジルの方々のおかげである。

テフロンメッキの導入のおかげで現在があり、私の息子も60歳を超え、隣に住む私の弟の息子（甥）に工場をお願いしたいと入社いただいたわけである。

老いては子に従え

現在は、全責任が自分にある職責といえども、それを公式に譲るためには経済が伴う。

「どのようになろうとも、お任せする以外にはないのではないですか」と妻に言われて、助言をすることもあきらめた。

カタリーズについては、大勢の皆様から試験結果をお知らせいただき、事実のレポートとして、『カタリーズ vol.2』を出版社にお願いして出すことになった。

これを特許の代わりとして、皆様にご利用いただくようにお願いしたい。

思えば、セラミックカニゼンの導入を皮切りに、美濃商店様にご紹介いただいた通訳の川村様に案内され、当時の西ドイツのシュナール社の社長、アウグスト様にご紹介いただいたナイフローというテフロンメッキを導入したことなど、奇跡のような経緯があった。

さらに、旧ソ連の大使館でグラスノスチ技術を開示公開いただき、カタリーズが出来上がった。

同時に、大先輩であられる丹波靭負先生、東京大学の浅井一彦先生にも、大いに学ばせていただけた。

そして、京都大学の林教授が厚生省から頼まれて開発なさったという物を、「第一回自然エネルギーを考える会」の講演会のときに、鈴木様から教えていただいた。

それを「鈴木石」と名付け、様々な研究実験が始まった。

その後、近藤洋一社長の紹介で関英男先生にお目にかかり、「UFOはこれで飛んでいるんだよ」と飛行技術を教えていただいた。

鈴木石に基づいて出来上がった物と関先生の教えから、「カタリーズ」までの技術に到達できたわけである。

関先生のお話では、「石」には「意思」があり、念波があるということで、それに関するご著書をいただいた。

この技術は意識の従順な者には宝物であるが、「こんなものが本当に役立つのか」と思う人が使うと、何の効果もないことが不思議でならなかったが、その謎を解くヒントが与えられたように思う。


技術の伝承は、ことによると危険さえも伴うのではないかと思われる。

たとえば、グラスノスチ技術によって精密加工会社のご依頼で制作したものを、一台5千万円の機械にセットしたところ、音も静かになり、安定性も高くなり、五年で交換していた機械が十年経っても変わらずに動くようになってしまった。

それでは困ると、機械メーカーから叱られたものである。

前述したが、グラスノスチ技術は、摺動性についても耐久性についても、テフロンメッキをはるかに凌ぐものであった。

この技術を用いれば、自動車の耐久性が格段に向上するが、自動車メーカーにとっては大打撃であり、通産省からも運輸省からも受け入れられるものではなかった。
また、使えなくなったバッテリーや乾電池が再び使えるようになっては、電気屋さんが困るではないか、と市役所からもお叱りを受けた。

また、オイルがいらなくなっては困ると、燃料店からお断りされ、「貝サラバ」という船底塗料で、船底に貝が付かなくなっては塗料メーカーが困ると言われた。
「ゴキサラバ」では、ゴキブリがいなくなっては……という具合に、良いものが喜ばれるとは限らないのであった。

農業でも、農家がよくても農協は大打撃を受けるということもある。
知花先生は、「空中から水が取れたり、電気が自由に取れては困る」と言われ、その技術を国にお預けするしかなかったとおっしゃっていた。

保江邦夫博士、井口和基博士をお招きしてご講演いただいたとき、井口先生にはニコラ・

テスラの理論技術について、保江博士には、私の試させていただいた技術について、「今までの技術、理論では説明がつかない」とお話しいただいた。

いかに良いものであっても、受け入れていただけないものは致し方ない。

女房が言うように、「老いては子に従え」ということであろうか。

どのようになろうとも、相談も報告ももらえないのであれば、如何ともしがたく、マッカーサー元帥が言ったように、「老兵は死なず。ただ消え去るのみ」であろう。

教育勅語、古くは十七条の憲法にあるように、

「父母に孝に、兄弟に友に、夫婦愛和し」

「万機公論に決すべし」(「人びとの声を大事にして、優れた意見を取り入れ政治を行おう」という意味)

こんな言葉は、戦前教育の老人にしか通じない。情けない国になったものである。

あとがき——心からの謝辞

恩師のお諭しに従い、中央大学法学部に進んだのは、今考えると、やはり一番良かったと思う。

もしあのとき、一科目だけ受験して悲しみながら帰った名古屋大学へ進んでいたら、現在の私はなかったであろう。

おそらく、高校か中学の理科の先生になり、60歳で定年した後の起業は無理だったと思う。その代わり、「なんで帰ってきた。今すぐ出ていけ」と弟に怒鳴られて、家族に惨めな思いをさせずにすんだかもしれないし、父母に余計な心配をさせることもなかったのかもしれない。

私の少年時代は、あらゆる苦難を経験した両親、特に家庭内の問題、火災、産後の病気、子育ての一部を小学校一年の私に依存しなければならなかった母の苦悩など、実に大変なことが多かった。

戦中戦後の大変な時期に、農地は本家に残し、二町歩以上の地所を開拓した努力。これには、感謝、尊敬以外にはない。

両親の残してくれたものを後世に、幾ばくかでも増やして繋げられることが、本当にありがたい。

だがそれよりも、理科系の仕事をさせていただき、家族や社会に貢献できる技術が残せるかもしれないことが、何よりもありがたい。

内定取り消しという災難に遭うも、お救いくださった岐阜県警察。

その後、岐阜県商工部のお招きで、科学技術館にて講演をさせていただき、2時間の講演の後に4時間ものご質問が続き、皆様の熱心さに感激した。

社会のためと思って作ったものはことごとく工業試験所に受け付けていただけなかったが、「自然エネルギーを考える会」を立ち上げて、会員の皆様にお世話になり、これも感謝以外にはない。

現在の仕事を勧めてくれた父、工場を立ち上げる際、本当にお世話になった藤本製作所の藤本さん。

いろいろな方へのお礼と、伝えたい技術について、こうして本というかたちの遺言として残しておけるのもありがたい。

これも、母が、「今どきこんなにいい娘さんはいない」と結婚を勧めてくれた女房が、腰が曲がっても、無理をしてでも勤めてくれたからである。

その姿には、感謝より他にはない。

本当に、ありがとう。

追　記

（『カタリーズ Vol.2』にてご紹介した私の製品の説明と、ご使用者から新しくお知らせいただいた結果報告）

1. ２０１８年12月15日、保江邦夫博士の講演会にて。バッテリーカー、バッテリーフォークリフトにカタリーズを貼ると、電力が回復した。これは、今までの理論では説明ができないとのこと。

2. 車にカタリーズ関連部品を付けると、車を買い換えるまで（19～20年）バッテリーの交換の必要がなかった（海外の使用を含む複数の方より）。

3. エンジン近くに貼付したら、車の走りが軽く感じられた。

4. 車のオイル交換がほとんど必要なくなった（オイルが汚れなかった）。これは、完全燃焼するようになったことでエンジン内部の汚れがあまり出なくなり、オイルの交換も必要なくなったのではないだろうか。かつて、大型フェリー10隻中の３隻にセットしたところ、燃費が20％アップ、オイル交換は６～10日に１回だったものが、６か月に１回に減少した。しかし、オイルメーカーの悲鳴が聞こえてきたので、３隻で中止した。

5. 排気ガスがきれいになった。

6. 車のレースで断トツトップになった。

7. 蛍光灯に貼ったら、無電流なのに点灯した（これは再確認の必要あり）。

8. 冷蔵庫の外側に貼ると、食料品の日持ちがよく、変色が少ない。
9. 楽器に貼ると、音色がよくなった。
10. コップに貼ると、コップが電池のようになって中の水がイオン水になり、電極を入れると1.5ボルト以上になる。
11. コースターに貼ると、コーヒーがまろやかになるが、ビールは気が抜けてまずくなる。
12. 農業で苗床に設置したら、発芽促進、成長促進が認められた。
13. プランターの容器に添付したら、発芽成長促進が感じられた。
14. 果樹に添付したら、開花数が増加した（もう少し年数を重ねて検証する必要がある）。
15. **東京からお医者様がご訪問くださり、カタリーズテープを使用したガン患者さんが何人も良くなったので、テープをもっと作ってくださいとご相談いただいた。**

他にもいろいろな可能性があるだろうが、これらは波長や波動の世界と考えられるのではないだろうか。

ある波動を与えれば、波動発電、波動充電のような電気が発生するのかもしれない。

新時代の幕開け５
大転換期の今、次世代へ残すもの

高木 利誌

明窓出版

令和三年十一月十日 初刷発行

発行者 —— 麻生 真澄
発行所 —— 明窓出版株式会社
〒一六四—〇〇一二
東京都中野区本町六—二七—一三
電話 （〇三） 三三八〇—八三〇三
ＦＡＸ （〇三） 三三八〇—六四二四

印刷所 —— 中央精版印刷株式会社
落丁・乱丁はお取り替えいたします。
定価はカバーに表示してあります。

ISBN978-4-89634-442-4

プロフィール

高木 利誌（たかぎ としじ）

1932年（昭和7年）、愛知県豊田市生まれ。旧制中学1年生の8月に終戦を迎え、制度変更により高校編入。高校1年生の8月、製パン工場を開業。高校生活と製パン業を併業する。理科系進学を希望するも恩師のアドバイスで文系の中央大学法学部進学。卒業後、岐阜県警奉職。35歳にて退職。1969年（昭和44年）、高木特殊工業株式会社設立開業。53歳のとき脳梗塞、63歳でがんを発病。これを機に、経営を息子に任せ、民間療法によりがん治癒。現在に至る。

ぼけ防止のために勉強して、いただけた免状